Karl Robel

A paar Verserl für di

Karl Robel

A paar Verserl für di

rosenheimer

Meiner lieben Frau Annemarie

Titelbild: Ernst Hürlimann, München
Illustrationen im Innenteil: Georg Friedrich Winter, Traunstein †
Satz: typografica GmbH, Rosenheim
Druck und Bindung: Haßfurter-Tagblatt-Druckerei, Haßfurt
Printed in Germany

ISBN 3-475-52905-X

Inhalt

Was alls obafallt

Allwei wieder konn ma hörn,
dass si manche Leut beschwern,
weil eahna des halt gar net gfallt,
wenn vo de Baam was obafallt:
vom Nussbaam drent de langa Würschtl
– de schaugn aus wia greane Bürschtl –,
Knospnschuppn, Blüatnstaab
und im Herbst des alte Laab.
Und d' Nadln vo dem Lärchanbaam,
den s' bein Wimmer drentn habn.
Im November gibt's jeds Mal
Lärchannadln überall:
auf da Einfahrt, auf'n Rasn
und sogar auf da Terrassn.

Da hörst dann de Nachbarn klagn:
»Bis ins Haus werdn s' einetragn!«
Oana meckert: »Mensch, die schlepp ich
bis auf mein'n Perserteppich!«

Den Unmuat konnst gar net begreifa,
denkst an de Wohlstandsabfallhäufa,
de uns a Mordsproblem beschern,
weil s' alle Tag nu mehra werdn.
Mit dene werdn ma niamals quitt,
man woaß gar net, wohi damit.

Doch d' Natur nimmt Stuck für Stuck
ihran Abfall wieder z'ruck
und macht'n nacha zu Kompost,
zo an Dunga, der nix kost'.

Wenn ma dagegn als Beispui nimmt,
was sunst nu alls obakimmt:
Da Abfall vo da Techniknutzung
kimmt zo uns als Luftverschmutzung.
Des Graffe is allgegenwärtig
und mir werdn damit net fertig.
Was da Giftigs obafallt,
sehgn ma doch am krankn Wald.
Drum schimpfts net über unsane Baam
und kehrts des Laab und d' Nadln z'samm.
Klaubts es auf, de dürrn Zweigl,
im Kompost hat's Platz, des Zeugl.

Mauntnbeik

Heut suacht ma Selbstbestätigung
durch sportliche Betätigung;
denn überschüssige Energie
muaß ja schließlich aa wo hi.

Auf so a hochmoderne Art,
da schwört aa unser Leonhard.
Nach Feierabnd is er bein Zeig,
da hupft er auf sei' Mauntnbeik,
denn er hat a große Neigung
für Übungsstreckn mit ara Steigung.
Da trett er nacha kräftig drauf
und schnauft und haxlt steil bergauf.
Er trett und schwitzt und siehgt koa Spur
vo da schöna Bergnatur
und dera Farbnharmonie,
sei Blick stroaft grad am Bodn dahi.

Am Weg blüahn Schlüsslbleamestöckerl,
's Rotkröpferl trillert wia a Glöckerl,
de Drossl singt didlitt – didlitt,
da Hartl kriagt des alls net mit.

Sei Hemad is scho ganz dawoakt,
er schaugt, was da Compjuter zoagt:
de Geschwindigkeit im Schnitt
und an Höhenunterschied;
de Trittfrequenz und de Distanz
und lauter so moderne Pflanz,
auf so was is er direkt süchtig,
des ander, des is alls net wichtig.

Da Buntspecht trommlt wia net gscheit,
da Hartl schaugt grad nach da Zeit,
er keucht und stramplt in oan Trumm
und hört und siehgt nix umadum.

Auf da Bank, drobn auf da Schneid,
da nimmt er si a bissl Zeit,
denn sei Durscht is draufo chronisch,
den packt er iatza biotonisch
mit Konservnbixnsaft,
der löscht so guat und macht a Kraft.
Dann werd g'schwind nu 's Hemad tauscht,
aufs Beikerl gstiegn und abegrauscht.

Drobn liegt a laare Aludosn,
de hat da Hartl hintnlassn
als sei blechers Autogramm,
dass de andern aa was habn.

Spruch an einem Feldkreuz

Herrgott, i dank dir für mei Lebn,
du hast ma guate Eltern gebn.
I dank dir bis in d'Ewigkeit
für alls: für alle meine Leut,
für meine Gschwister, für d' Verwandtschaft
und unser schöne Hoamatlandschaft.
Lass uns, wenn ma vo da verschwindn,
bei dir de ewige Hoamat findn.

Vom Wachstum

Uns predign de Politiker
und d' Wirtschaftsanalytiker:
's Wachstum derf auf koan Fall steh',
des muaß allwei weidergeh'.
Doch irgndwann und irgndwo
steht der Vorgang amal o.

Gehnga ma doch dera Spur
vom Wachstum nach in da Natur,
wia zum Beispui bei an Baam:
Der keimt aus an kloawinzign Sam
und wachst in seiner Jugndzeit
mit Kraft und Schwung und Schnelligkeit.
Er übersteht so manche Gfahr
und kimmt schließlich in de Jahr,
wo's eahm 's erschte Mal gelingt,
dass er a paar Früchte bringt.

Doch 's Wachstum is no lang net gar.
Was zerscht a zierlichs Pflanzerl war,
werd mit da Zeit a groußer Baam
mit starke Äst und dickn Stamm.
Und irgndwann is's eahm dann gnua,
da nimmt sei' Höchn nimmer zua,
weil er de rechte Größ scho hat
und am End no umfalln taat.

De Natur setzt da a Grenz,
des gilt für jede Existenz.

Seine Früchte, saftig, süaß,
schmeißt er uns all Jahr vor d' Füaß
und wenn er amal wenig tragt,
is ma deswegn net verzagt.
Man muaß halt bei an kleanern Nutzn
seine eigna Ansprüch stutzn.
So wia's kimmt, so muaß ma's nehma,
man konn si net dagegn stemma.

Doch wennst schaugst, wia is des heut
bei de meistn Wohlstandsleut?
Da werd gschimpft und aufbegehrt,
wenn's net all Jahr mehrer werd.
Da gibt's nirgands an Verzicht,
bloß da Bauch und 's Körpergwicht,
de solltn halt, und des waar schö,
kleaner werdn und obageh.

Wenn da Wohlstand, den ma habn,
allwei zuanimmt, bricht er z'samm.

Da Herrgott hat's scho richtig g'macht,
wenn ma de Gschicht a so betracht'.
Ob bei de Leut, ob bei de Daxn,
er lasst nix bis in' Himme wachsn,
dass nix z' grouß werd auf da Welt,
weil se sunst da Stolz eistellt.

A Frosch sagt uns sei' Meinung

Heut redt amal zo uns da Schosch,
des is a alter Wasserfrosch.
Sei' Hoamat hat er zwischn Binsn,
Iglkolbn und Wasserlinsn.
Im ganzn Weiher kennt'n jeder,
den Amphibien-Volksvertreter.
G'wählt habns'n alle mitananander:
Molch' und Frösch und Salamander.

Er redt zo uns und sagt: »Quaak, quaak«,
des hoaßt: »Passts auf, was i euch sag!
Es Wohlstandsleut«, so fangt er o,
»mir habn euch doch no nia nix to.

Ja, i woaß's scho, unser Gschroa
geht manche Leut durch Mark und Boa.
Doch des san unsane Minneliader:
Da Dirigent, da Brotznriader,
stimmt allwei o und mir falln ei
in unser Frosch-Chorsingerei.
Der Männergsang, so schee und laut,
geht jeder Fröschlin unter d' Haut,
des is wichtig für d' Vermehrung;
und *es* sagts, des waar Ruhestörung!

Es Wohlstandsleut, gebts es doch zua,
es störts doch selber euer Ruah
mit lauder Musi, Lärm und Gstank,
da san mir *net* schuid, Gott sei Dank.
Mir Frösch san euch oft unsympathisch,
aber is des demokratisch?

I woaß's, mir san euch z'wenig fesch,
mir san halt grad so kloane Frösch
mit grouße Augn und weitn Mäu
und unser Haut is kalt und hei;
ganz ohne Haar, bei manche warzig,
und unser Körper is so baatzig.

I woaß's, euch graust, dass' oft oa schüttlt,
doch habn mir lang vor euch scho g'siedlt.
Für uns is des bedauerlich.
Es mögts doch sunst so gern a Viech.
Am liebstn Vögl, Hund' und Katzln
mit schöne Federn, woache Pratzln,
de um euch so ummaschmeichln;
so was mögts halt liaber streichln.

Zum Schluss sag i euch unser Losung:
Mir verlangan koa Liebkosung!
Bloß dass a jeda Rücksicht nimmt,
wenn unseroans zon Loacha kimmt,
weil koa Frosch a Auto hört,
wenn er d' Straßn überquert.
Es ziahgt'n zwar zu seiner Lacka,
doch konn er's net so gach derpacka.

Drum gebts Obacht, liabe Leut,
mir machts damit de größte Freud,
und net grad mir, aa de Verwandtn,
i hoff, mir habn uns iatz verstandn!

Aus is's, weil i nimmer mag,
i hab lang gnua gredt, quaak, quaak, quaak.«

Da Nothelfer

D' Oma suacht scho seit ara Stund
ihran groußn Schlüsslbund
und sagt allwei: »Des woaß i gwiss,
dass er zerscht nu daglegn is.«
Sie verspricht in ihrn Verdruss
an heilign Antonius
– und des kimmt aus tiafstn Herzn –
a schöne, grouße Opferkerzn.

Vor lauter Sorg und zo dem Zweck
macht sie si glei aufn Weg.
Da schreit da Micherl, ihra Enkl:
»Geh weida, Oma, wart a wengl!«
Sie schaugt um und bleibt dann steh.
»Gell, i derf doch aa mitgeh.«

Glei drauf in da Kircha drent
knian de zwoa, de Kirzn brennt
und flackert vorm Antoniusbuid,
doch da Kloa hat koa Geduid.
D'Oma bet', ihr is so bang,
an Micherl werd de Zeit vui z'lang.
Er wetzt allwei umanand,
zupft an da Oma ihran Gwand
und schmeichlt ihr und tuat ihr schö:
»I glaab, mir kunntn wieder geh,
mir brauchan iatza nix mehr toa,
der findt de Schlüssln scho alloa!«

Wohlstandserscheinung

Bist du durch Übergwicht beschwert,
dann hast di halt vui z'guat ernährt;
vialleicht werst allwei recht bemuattert
und bist deswegn so außergfuadert
oder konnst net widersteh',
weil 's Glustln is halt gar so schö.
Da hat ma nachher sein' Verdruss
mit'n Kiloüberschuss
und außerdem kimmt des recht teuer,
da zahlt ma nämlich »Nährwertsteuer«!

Sprücherl in a Fotoalbum

Jeds Foto is a Dokument,
bsonders, wenn ma 'n Datum kennt.
In dem Album is a Mischung
zon O'schaugn und zur Herzerfrischung.
Ob wenig oder guat gelungen,
es san halt doch Erinnerungen.

Vorplattler

Im Saal vom Metzgerwirt ging es zu wie in einem Bienenstock. Die rauchige Luft war voll von der vielstimmigen Unterhaltung der Hochzeitsgäste. Jedes Mal, wenn die fünfköpfige Tanzlmusi einsetzte und das Stimmengewirr überlagerte, beugte sich der alte Brucknschmied, ein Onkel der Braut, über den Tisch und hielt sich die hohle Hand hinters Ohr, um die Unterhaltung besser mitzukriegen. Er zog dabei immer die Augenbrauen hinauf und runzelte die Stirn, so, als ob er dann besser hören könnte. Auf der Tanzfläche wurlten die Paare – vornehmlich die jüngeren Jahrgänge – durcheinander.

Das Geschirr vom Nachmittagskaffee wurde gerade abserviert, da spielte die Musik einen Tusch und der Hochzeitslader verkündete, die Braut sei gestohlen worden. Also begab sich alles auf die Suche und landete schließlich mitsamt der Tanzlmusi in der Wirtsstube unten im »Weinstüberl«.

Im Saal blieben nur noch einige ältere Leute zurück, und der Vitus, ein weitschichtiger Vetter des Hochzeiters, meinte: »I trink doch iatz koan Wei', wo i grad a frische Halbe Weißbier kriagt hab.«

Seine Frau, die Theres, hatte gerade einen wichtigen Diskurs mit der Basi Marie. Die zwei trafen sich so selten und da gab es so viel zu erzählen und zu fragen.

Es dauerte nicht lange, dann wandte sich die Brucknschmiedin an ihren Mann: »Geh weiter, Vatta, trink di schö langsam z'samm, i möcht dann bald hoamfahrn.«

Er wollte gerade etwas sagen, da kamen die Musikanten mit Brautpaar und Hochzeitslader bei der Tür herein und hinter ihnen die ganze übermütige Weinstüberlgesellschaft, einige schon ein bisserl angestochen, mit roten

Köpfen und schweißglänzenden Gesichtern. Sie drehten gleich noch einen Walzer und nahmen dann wieder ihre Plätze ein.

Der neunjährige Tobi, ein Vetter von der Hochzeiterin, stellte sich in die Mitte der Tanzfläche und schaute ein wenig verlegen in die Runde. Da hörte man den Hochzeitslader vom Podium: »Liabe Leut, passts a wengl auf. Da kloa Tobi plattlt iatz fürs Brautpaar an ›Birkastoana‹.«

Der Ziachspieler, selber ein Trachtler, stand vorn an der Rampe und begann in gemessenem Takt zu spielen, der Tobi stampfte und plattelte und alle standen im Kreis herum und schauten zu. Als er fertig war, bekam er großen Applaus und der Hochzeiter steckte ihm ein gutes Trinkgeld zu.

Sein kleinerer Bruder, der sechsjährige Simmerl, hatte auf einem Stuhl stehend zugeschaut. Er war dem großen Bruder nicht neidig, dazu war er viel zu gutmütig, aber es wurmte ihn doch ein wenig, dass er bei dieser Vorführung so ganz und gar im Schatten stand, wo er doch auch schon ein bisserl platteln könnte.

Bald darauf waren die Brucknschmiedleut schon beim Pfüagottsagen und gingen dann quer durch den Saal dem Ausgang zu. Der kleine Simmerl war ihnen nachgegangen und erwischte den Brucknschmiedvetter gerade noch hinten im Hausgang. Er zupfte ihn an der Joppe und sagte etwas schüchtern: »Du, Vetter, i kunnt fei aa a wengl plattln.« »Ja, da schaug her, da Simmerl konn aa plattln«, sagte der Vetter freundlich und beugte sich augenzwinkernd zu dem Buben hinunter: »Wos konnst nacha du für oan?«, fragte er und der Bub meinte treuherzig: »An Häusei kunnt i!« Da musste der Brucknschmied lachen und machte gleich einen Vorschlag:

»Woaßt was, Simmerl, den plattltst ma iatz vor und i pfeif dazua« – und er pfiff auch gleich einen Landler.

Der Bub hüpfte ein wenig und trat von einem Fuß auf den anderen. Er hatte offenbar Schwierigkeiten mit dem Vetter seiner ungewohnten Melodie und vor allem mit dem Takt und nach ein paar Versuchen gab er es auf. Der Vetter schenkte ihm ein Zweimarkstückl und schmunzelte: »Gell, hast'n doch net kinna, an ›Häusei‹.«
Da schaute ihn der Simmerl groß an und meinte: »Kinna taat i'n scho, aber d'Musi hot net gstimmt!«

Fremdwortsucht

Fremdwörter hat's scho allwei gebn,
doch heut is's de reinste Schwemm!
Man hört's und lest's doch überall,
bla, bla, als wia a Wasserfall.
Und da moanan manche Leut,
der Durchanand, der tuat recht g'scheit,
und es hört si recht guat o,
wenn ma gschwolln daherredn ko.
Mit dem Schmarrn werd nach und nach
unser schöne Muattersprach
– gedankenlos! Ja, wia denn sunst? –
vergewaltigt und verhunzt!

Fremde Wörter vorn und hintn,
wer soll da nu durchefindn?
Und vo Tag zu Tag werdns' mehra,
des passt akrat zur Kunststoff-Ära.

Doch des oane woaß i gwiss,
dass' net grad a Zuafall is,
wenn des zeitlich z'sammatrifft
mit Plastik und mit Umweltgift.

Bein Zeitunglesn gspannst as scho,
im Fernsehn und im Radio:
Da brauchatst oft – is's net a Hohn? –
glei an Fremdwortlexikon.
Da nimmt so mancher Redakteur
recht vui fremde Wörter her.

Da werd tangiert und toleriert
und exkulpiert und thesauriert,
als hättn alle Leut studiert.

Und des alles ohne Grund,
weil ma's anders aa sagn kunnt.
Verständigung is Nebnsach
bei a solchan Plastiksprach.
Wenn's aa net zon Lesn reizt,
d' Hauptsach is, es tuat recht g'spreizt.

Doch da größte Sprach-Blabla
kimmt heut vo Amerika.
So was is heut »in« und modisch,
wichtig is, es klingt exotisch.

San Begriffe nimmer kenntlich,
dann werdn Texte unverständlich:
Auf dem Rockkonzertplakat,
des ma bei uns ogschlagn hat,

versteht ma überhaupt koa Wort,
bloß wann's ogeht und an Ort.
Da singt und spuit de Texasbänd
bein Unterwirt in Boaßling drent.

Wenn ma so an Sänger hört,
der allerwei des Gleiche plärrt
als wia a Türkntauberer,
der Oberfremdwortklauberer,
dann fragt ma si am End: Wo san ma?
In Bayern oder Alabama?

Mit dene Leut is's so a Sach,
de habn a ganz a eigne Sprach.
Doch dem junga Publikum
is halt überhaupt nix z'dumm.

Da habn de Dirndln und de Buam
an Wortschatz als wia Kraut und Ruabn;
den hat ma eahna auffegschmatzt
und 's Gfuih für d' Muattersprach verpatzt.
Man hört's ja, wia s' am Englisch hängan,
wenns' aa des mehra net verstehngan.
Wia wenn des ander nu net glangat,
iatz habns' aa nu de englisch Krankat.

De hat ma eahna eineg'impft,
da helft's aa nix mehr, wenn ma schimpft;
des is da Virus anglicus
und da Sprach-Diabolus.
Der spritzt sei geistigs Umweltgift
in Funk und Presse, Wort und Schrift

und macht oft aus an Inserat
im Handumdrahn an Wortsalat.
Wennst dann so an Werbetext
ebba gar no lesn möchst,
kunntst da nix damit verdeana,
müaßatst gar no Englisch lerna.
Verständigung is Nebnsach
bei a solchan Plastiksprach.

Dann kimmt no zo dem ganzn Gscher
da Wortimport vo Nordn her.
Der hat sei Hoamat anderswo
und mir brauchan nix davo.
Den mögn ma dort, da wo er herkimmt,
solang er uns net in de Quer kimmt.
Der passt zur bayerischn Rass
wia 's Marmalad zon Leberkaas.
Da gibt's de Pelle und de Pulle,
da Stier is auf amal da Bulle,
pennen, pingelig und buddln,
deftig, Quark und Quatsch und schmuddln;
statt pfüat di, da sagns' tschüs und tschau.

Der ganze schiache Sprachverhau
hat si hoamlich, aber sicher
zo uns nach Bayern einagschlicha.
Wenn der de Mundart so verbiagt,
dass ma glei a Ganshaut kriagt,
dann fragt ma si doch ganz daschreckt,
wo bleibt denn unser Dialekt?
Und ob de nachste Generation
überhaupt no Boarisch konn?

Da Grouße Alexander und de kloane Frau Anopheles

In da Schui im Unterricht
(genau gsagt, über d' Menschheitsgschicht)
habns' uns doch allerhand verzählt
vom Kriagführn in da altn Welt,
denn damals warn doch aa de Obern
allwei scho glustig aufs Erobern.
Am schlimmstn war da ganz da ander,
er hoaßt da »Grouße Alexander«.

Da Körpergröß nach war da Xandl
zwar grad a so a mitters Manndl,
des hoaßt, er war net bsonders groß,
an Meter fümfasechzge bloß,
also eher kloa vo Gstalt.
Er war erscht guat zwanzg Jahrl alt
und hat scho Städte niederbrennt.
Er hat vui Bluat ghabt an de Händ
und unterwirft oa Volk ums ander
mit seine vierzg-, fuchzgtausnd Mannder.

Und wia er allwei frecher werd –
eahm habn scho mehra Länder ghört,
denn er hat nia an Kriag verlorn –,
hat er de Perser Rache gschworn.

Er gspürt im Hass ganz unterschwellig:
»Da is a alte Rechnung fällig«
und überfallt des Riesnreich
und sagt: »Gehts her, iatz zoagn ma's euch!«

De Perser warn als Wohlstandsleut
auf so an Kriag net vorbereit'.
Sie warn zwar – und des muaßt da merka –
insgesamt fast zehnmal stärker
und san trotz dera Übermacht
beim erschtn Stoß glei z'sammakracht.

Da war mit'n Perserkönig Schluss,
fürn Alexl ein Hochgenuss!
Da is eahm erscht da Kampe gstiegn:
»Wo is der, den i net bezwing?
Der soll hergeh, soll si meldn,
a Konkurrenz lass i net geltn.
Mir is de halbert Welt verfügbar,
i bin so guat wia unbesiegbar!«

Er hat aa grimmig weiterkämpft,
oan Gegner nach dem andern dämpft
und wollt no Indien derglanga,
da waar eahm bald da Dampf ausganga.
Doch is er allwei Sieger wordn
und hat, wia gsagt, koan Kriag verlorn.

Doch Alexl, mei liaber Freund,
da gibt's fei nu an andern Feind.
I woaß oan, der aa ohne Schwert
mit jedn Feldherrn firtig werd.

Des is d' Anopheles, de Stanz,
de bluatrünstige Emanz.
De wenn di packt, dann bist verlorn,
de braucht koa Ross und koane Spor'n.

Sie und ihre Schwägerinnen
san Krankheitsüberträgerinnen.
Moskitos hoaßns' aa, de Viecher,
vor dene is ma nirgands sicher.

Dazua muaß ma vialleicht erklärn:
De Stanznmannerleut, de Herrn,
de san auf unser Bluat net scharf,
sie stechan net, habn koan Bedarf.
Doch d' Weiberln, sunst allwei de Schwächern,
san bei de Muckn de, wo stechan!

Als Waffe hat a so a Stanzn
koa Schwert, koan Dolch und aa koa Lanzn,
bloß a so a spitzigs Rüaßerl
und a recht a giftigs Drüaserl.
Da werd, wenn sie bein Saufa sitzt,
a winzigs Tröpferl einegspritzt.
Und wer des Viech net glei derwuzlt,
wenn's auf seiner Haut grad suzlt,
der werd zerscht amal traktiert,
dann mit Malari infiziert.

Anno dreiazwanzg bein Badn
is' passiert in Babylon.
Da is da Alexl im Summer
in an Fluss a wengl gschwumma.
Und wia er nacha als pritschnasser
nackert außersteigt vom Wasser,
umkreist'n wia a Politess
de kloane Frau Anopheles.
Nacha landt des freche Muckl
ohne Furcht am Feldherrnbuckl

und sticht o und nacha saugts',
eahm kennst nix o und ihra taugt's.
Des Ganze geht so bluatig schnell:
»O'zapft is!« – und auf da Stell
suzln und an Krankheitskeim
durch'n Rüaßl einespeibn.

Des wirkt als wia a giftigs Gschoß,
fürn Xandl war's da Todesstoß.
Er hat zwar scho a weng was gneißt
dass' an Buckl hintn beißt,
des ander hat er gar net gspannt;
er is so frisch und guat beinand.

Doch dann in da Wocha drauf
geht de Schicksalsrechnung auf;
da hat der Todesschuss bewirkt,
dass da Xandl Fiaber kriagt.

Da haut's 'n aber umanander,
den groußen Feldherrn Alexander.
Er liegt im Zelt mit Schüttlfrost;
sie bringan eahm an hoaßn Most,
er trinkt und sagt dann zo sein' Diener:
»Morgn werd i net Kriag führn kinna;
geh auße, sag's mein' Adjutant,
es geht net, i bin schlecht beinand.«

Dann packt'n aber 's Wechslfiaber,
oanervierzge, du mei Liaber!
Alexl, iatz bist verkafft,
hast koan Schwung mehr und koa Kraft.

Aa geistig kimmt er aus da Übung,
denn er kriagt Bewusstseinstrübung,
's Gnack werd steif und d' Leber g'schwellt
und da stärkste Mo der Welt,
der aufbaut hat a Riesnreich,
is iatz auf amal a Leich.

Mit alle is er firtig worn,
doch gegn d' Stanz hat er verlorn.
Des Viecherl hat grad oamal gstocha,
dann is des Weltreich z'sammabrocha;
drum kriagt am End an Siegerkranz
d' Frau Anopheles, de Stanz!

Dem groußn Kriager sei' Entmachtung
verdient a kloane Nachbetrachtung:
So Muckn waarn, politisch-taktisch,
heutzutag aa manchmal praktisch.
Sie kunntn gar an Kriag verhindern,
's Elend in da Welt vermindern;
doch leider muaß ma da erfahrn,
sie san des nimmer, was s' scho warn;
es is koa Verlass mehr drauf,
de Rechnung geht heut nimmer auf.

Am End is grad des oane gwiss,
es bleibt leider so, wia's is.

Verkehrsinfarkt

Was is denn bei uns da bloß
allwei in da Marktstraß los?
Da staut si öfters da Verkehr,
dann geht glei überhaupt nix mehr.

Bei da Kircha steht's scho o,
und weil koana weiderko,
werd de blecher Riesnschlang
glei an Kilometer lang.

D' Leut san voller Ungeduid,
oana schreit und hupt ganz wuid;
aa da Sanka hat koa Massl,
der steckt in an Seitngassl:
Sakradi und Stopsdlbix,
tatü – tatü, es rührt se nix!

In da ganzn Marktstraß drin
stinkt's nach Diesl und Benzin;
da san ma dann auf Schritt und Tritt
a »Luftkurort« mit Stickoxyd.

A Fremder draht sei Fenster oba
und fragt außa: »Aber, aber,
wat'n los, 'n Unfall, oder?«
»Naa«, sagt da a alter Voda,
»alle Tag des gleiche Gfrett,
dass da vorn nix weidergeht,
weil gwiss oana drin im Markt
im Haltverbot sei Auto parkt!«

Der feine Herr mag net z'weit laffa
und möcht grad a Zeitung kaffa
und fahrt ohne Phantasie
sei Auto bis vor d' Ladntür hi,
brettlbroat und unkommod
und akrat ins Haltverbot.
's Parkplatzsuacha waar a Frust
und außerdem a Zeitverlust.

Wer des war? Da brauchts net fragn,
des war a Mensch mit Ellabogn.

Blechschokolad

Da Ritter Heinz werd manchmal frech
und haut an Ritter Kunz aufs Blech,
mittn auf sein' eisern Huat.
Da kimmt da Kunze dann in Wuat,
lasst si natürlich aa net schwoabn
und zahlt's an Heinze richtig hoam.
Er schlagt eahm mit dem flachn Schwert,
dass da oa ganz damisch werd,
mittn eini in de Goschn,
hat'n nacha no recht droschn
und moant danach: »Iatz san ma quitt!«,
doch da tuat da Heinz net mit
und so raffans' in oan Stuck,
da oa haut hi, da ander zruck,
alls ohne Totschlag, ohne Mord,
denn es is bloß »Ritter-Sport«!

Die Weihnachtsüberraschung

Der Alfred und die Hildegard, ein jung verheiratetes Paar, waren erst vor kurzem zugezogen. Sie hatten alle ihre finanziellen Reserven zusammengenommen und in einer Neubausiedlung ein Haus gekauft. Da ist man zunächst einmal froh, ein eigenes Dach über dem Kopf zu haben, aber bis so ein Haus mit allem Nötigen ausgestattet ist – dazu gehören natürlich auch Dinge, die man gemeinhin als »schmückendes Beiwerk« bezeichnet – ist noch so mancher kostenträchtige Kraftakt fällig. Man braucht selbstverständlich auch Teppiche, Wandschmuck und eben alles, was eine Wohnung erst wohnlich und gemütlich macht. Die beiden waren sich darüber einig, dass das alles nach und nach, entsprechend den finanziellen Möglichkeiten, beschafft werden sollte. Es gibt da besondere Tage im Jahreslauf, an denen Geschenke üblich sind, und deren Auswahl erfolgt dann rechtzeitig oder auch erst unter Zeitdruck kurz vor dem Fest.

Das junge Paar lernte auf seinen häufigen Spaziergängen den neuen Wohnort näher kennen und dabei kamen sie auch einmal an einem Spätherbstabend durch die Stöghofergasse den Berg hinunter zu der steinernen Bachbrücke.

»Alfred, da schaug her«, sagte Hildegard und zog ihn auch gleich zu den Fenstern einer Gerberei, wo im hell erleuchteten Verkaufsraum so einiges zu sehen war, was sie noch brauchen konnten.

»Aah, des waar was für uns«, meinte er sehnsüchtig, »schaug da rechts hintn, des Fell, ›spanischer Stier‹ steht drauf.«

»Ja, wunderbar«, bestätigte sie und stupste ihn zärtlich in die Seite, »und in da Mittn da de Gams … ja, und da an der Wand links a Eber, so was passat guat für unser Wohnzimmer.«

»Ja, des waar des Richtige, wenn …«, seufzte er und dachte an die knappen Geldmittel so kurz nach dem Hauskauf.

Aber die Hildegard wusste sich zu helfen. Die Schwiegermutter wohnte im selben Ort, vielleicht sollte man ihr einen weihnachtlichen Geschenktipp geben.

Die alte Dame war auch gleich bereit, helfend einzuspringen, und so gingen die beiden Frauen heimlich zur Gerberei, um ein passendes Fell auszusuchen.

»Schaug her, Mama«, sagte Hildegard schmeichelnd, »der salz- und pfefferfarbige Eber taat an Alfred so guat gfalln« – und sie strich liebevoll mit der Hand über das Prachtstück.

Die Mama musterte das Fell mit kritischem Blick und entschied dann: »Des nehma ma, des gfallt ma …« Dann stutzte sie. »Aber – da is ja gar koa Schwanzl dro!«, protestierte sie temperamentvoll.

Die Gerbermeisterin beruhigte sie. »Des is koa Problem, mir schneidn vo dem schwarzn Eber nebndort des Schwanzl ab, des kinnan S' dann an Eahna Fell o'nahn.«

Damit war die resolute Schwiegermutter einverstanden. Das Fell wurde gekauft, heimlich nach Haus gebracht und zusammengerollt unter Hildegards Bett versteckt.

Der Alfred hatte aber inzwischen doch so viel zusammensparen können und in aller Heimlichkeit noch am Heiligen Abend kurz vor Ladenschluss das schwarze, schwanzlose Eberfell besorgt. Es begann schon zu dämmern und zu schneien, als er mit seiner kostbaren Fracht unterm Arm durch die hell erleuchtete Marktstraße der Siedlung zustrebte. Irgendwie gelang es ihm, die gut verpackte Rolle unbemerkt ins Haus zu schmuggeln und zu verstecken.

Bei der Bescherung zog er dann das Geschenk unter seinem Bett hervor und rollte es triumphierend auseinander: »Schaug her, Hildegard, iatz habn ma doch no so a Fell kriagt … Gfreuts di net?«, fragte er dann etwas enttäuscht, weil sie nur vielsagend schmunzelte.

Jetzt zog auch sie ihre Rolle unter dem Bett hervor und breitete sie auf dem Boden aus: »Gell, da schaugst!«

Der Alfred war ganz baff: »Ja, des is ja des salz- und pfefferfarbige, des i mögn hätt, aber des habns' nimmer ghabt«, sagte er ungläubig, »… und wia kimmt nacha des schwarze Schwanzl an dei Fell hi?«, wollte er wissen.

Lachend erzählte Hildegard den Hergang.

»Aber«, meinte er, »mir brauchan doch koane zwoa Wuidsaufell.«

Die Frau klärte ihn auf: »Oans kinna ma wieder zruckgebn, de Gerbermoasterin hat mi o'gruafa, aber i hab da's ja vor da Bescherung net sagn kinna.«

A neuer Erdnbürger stellt si vor

Grüaß Good, i bin des neue Buzerl,
vorerscht grad a winzigs Wuzerl.
I war neun Monat bei da Mama,
bei ihra in da Dunklkammer,
doch dann hat's mi nimmer gfreut
und i wollt endlich unter d'Leut.
Gott sei Dank, iatz hab i's gschafft
und i bin sogar scho taaft
und iatz ghör i ganz zo euch
wia da Frosch zon Gartnteich.

Selbstbedienung

Bei unsern liabn Weideviech,
da mach i iatza koane Sprüch,
gibt's ab und zua so Außnseiter,
de scharf san auf a anders Euter
und bei de Nachbarinnen fechtn
und guat und billig saufa möchtn.
De holn si da a Glustbefriedung
und a kloane Rückvergütung
und bedienan si dabei
sozusagn aus der Reih.

Is doch klar, dass de Maniern
sich fürn Bauern net rentiern.
Da siehgt ma's wieder an dem B'schiss,
dass' Rindviech gar koa Rindviech is,
sondern ganz schö raffiniert;
hat's nämlich des amal probiert,
is de Methode so begehrt,
dass' mit der Zeit zur Gwohnheit werd.

Da Bauer schaugt bei so a Kuah
selbstverständlich net lang zua.
Da gibt's a so an Steftnzaam,
no ja, i gib eahm halt den Nam',
wia soll ma'n sunst auf boarisch nenna?
(Im Katalog steht »Saugentwöhner«.)
Da san so kloane Steftn drauf,
mit dene hört de Saubaa auf,
weils' es nimmer zuawelassn;
da is dann d' »Millibar« geschlossn.

Waar des net a Möglichkeit
für so Leut in unsana Zeit,
de grad allerwei studiern
auf neue Steuern und Gebührn?
Oder de grad Kostn steigern
und de Sparsamkeit verweigern
und de wo si grad drauf bsinnan,
wia s' de andern melcha kinnan
und dabei koa Hemmung habn?
De brauchatn an Steftnzaam!

Gigantomanie

Wenn heutzutag was Größers baut werd
(wo unser Steuergeld verhaut werd),
a Schui zum Beispui ganz unsinnig
grouß, a Heim, a Klinik
oder irgnd so a Amt;
dann san de Häuser allesamt
so nüachtern und so unromantisch
und natürlich ganz gigantisch.

Hat wer was z' toa in so an Haus
und kennt si überhaupt net aus,
dann suacht er umanand und findt
sich net z'recht im Labyrinth.
Rennt auf und ab und woaß net gwiss,
wo eigntlich vorn und hintn is.

Hat er dann zwoa-, dreimal gfragt
und oan gfundn, der's eahm sagt,
dann hoaßt's vialleicht: »Hier links entlang
bis zum zweitn großn Gang,
dann nach rechts 'ne kurze Strecke
und gleich noch mal um die Ecke;
gradeaus bis ganz nach hintn,
eigentlich nicht schwer zu findn.«

Er bedankt si und geht weider
in de Richtung, aber leider,
kaam is a Minut verstricha,
is er nimmer ganz so sicher.
Beim »Transport« vo so vui Datn,
da verliert ma leicht an Fadn,

und ist er zwoamal um ara Eck,
is de Reihenfolge weg.
Er überlegt, und nacha gspannt er's:
Er is auf oamal ganz woanders.
Doch dann derf er net verzagn
und muaß halt a vierts Mal fragn.

Sollt endlich dann de Auskunft stimma
und er trifft des richtig Zimmer,
dann konn's sei, dass' hoaßt: »Der Mo,
den Sie suachan, is net da.
Da Herr Amtmann Boschnrieder
kimmt de nachste Woch erscht wieder.«

Widmung an guate Nachbarn

Mir habn a guate Nachbarschaft,
friedlich, freundlich, beispuihaft.
Mir wünschn uns, dass' a so bleibt
und neamd den guatn Geist vertreibt.

Fernsehstörung

Wer kennt an Postinspekter Hamperl?
(A Plattn hat er und a Wamperl.)
Wenn's auf d'Nacht werd, sitzt er gern
in sein' Sessl und schaugt fern;
bei Bier und Brotzeit und an Stamperl
und vor eahm am Bodn da Zamperl.

Da Hamperl schaugt recht gern und vui,
Krimi, Theater, Fuaßballspui.
's Fernschaugn is bei eahm beliebt,
doch leider net ganz ungetrübt,
weil 's Bier so oft nach außn drängt,
was mitn Alter z'sammahängt.

Für eahm is des oft wia a Buaß,
wenn er nacha außemuaß,
akrat dann, wenn's spannend werd
und wenn ma ebbas überhört.

Er muaß nachgebn wengan Druck,
und kimmt er nacha wieder zruck,
is de Spannung scho vorbei
und des Spui steht drei zu drei!

Manchmal siehgt er aa ganz schlimme
bluatige Szenen in an Krimi
und man hat bis z'letzt koan Täter,
denn verdächtig is a jeder.
Da Hamperl is ganz konzentriert:
Werd ebba 's Schlamperl überführt?

Akrat iatza kimmt da Drang,
da Entsorgungspausenzwang;
und grad oa Minutn später
kennt a jeder scho an Täter,
weil koa Zweife mehr besteht.
Bloß da Hamperl kennt'n net!

Man brauchat halt, sinniert da Hamperl,
a so a Fernseh-Notbotschamperl.

Trost

Des Lebn, des is oft furchtbar hart,
und manche Leut bleibt nix derspart;
doch bleibt de Zeit net allwei steh'
und es muaß trotzdem weitergeh'.
Drum: Is amal a Tag recht trüab
und schiach und graab und gar net liab,
dann bringt vialleicht a Verserllesung
a weng a seelische Genesung.

Ochsologie

De Metzger da bei uns, de schlauern,
de kaffan d' Viecher bei de Bauern.
Da steht da ganze Stall voll Küah
und oft oa habn aa no an Stier;
den haltns' weng da Rinderzüchtung,
des is sei oanzige Verpflichtung.
Dafür frisst er zehnkiloweis
bei jeder Mahlzeit Silomais.

Doch früahra, da hat's außerdem
bei jedn Bauern Ochsn gebn.
De habns' als Kaibln operiert
und für d' Arbat programmiert.

De warn wichtig fürn Transport,
zon Ackern, Eggn und so fort,
natürlich aa zon Heueifahrn,
wenns' aa recht gemüatlich warn.

Denn so a Ochs verspürt koan Drang
nach an flottn Arbatsgang.
Mit Tempo hat er nix im Sinn,
er hat allwei sei' Handbrems drin.

Und weil de Gmüatlichkeit nix tragt,
drum warn de Ochsn nimmer gfragt;
gegn de Bulldog-Konkurrenz
gibt's koa Recht auf Existenz.
Drum habns' an Arbatsplatz verlorn
und san deswegn ausgstorbn wordn.

Was heut drinsteht in de Boxn,
des san Stier und koane Ochsn.
In da Amtssprach hoaßns' »Bulln«,
des tuat so fremd wia »Butterstulln«.

Doch wenn i mi iatz net täusch,
gibt's allwei no a Ochsnfleisch.
Wo nehman des de Metzger her?
Es gibt doch koane Ochsn mehr!
Und bstellst im Wirtshaus voller Glust
a Krengmüas und a Ochsnbrust,
dann woaßt als Gast halt aa net gwiss,
ob's ebba grad a Stierfleisch is.
Werd des vialleicht grad anders taaft
und als Ochsnfleisch verkaaft?

Und trotzdem waar des net so krass
zum Beispui wia bein Leberkaas.
Wenn i mi nämlich richtig bsinn,
is da ja gar koa Leber drin!

Vom Weda

Wenn d' Leut, de junga wia de altn,
sich im Wirtshaus unterhaltn,
wenns' irgndwo Gespräche führn
oder grad a so dischkriern;
irgendwann kimmt doch a jeder
mittndrin amal aufs Weda,
weil des alle interessiert,
da werd nacha kritisiert.
Man hört dann aus dem ganzn G'red:
Dem oana passt's, dem andern net.
A jeder hat a anders G'spür
und wia's aa is, ganz g'recht waar's nia.

Da Vinzenz brauchat für a Woch
a so a Dauer-Festlandshoch,
er möcht a grouße Bergtour macha,
da soll's net regna und net kracha.
Und wennst dagegn an Gori fragst,
der braucht an Regn, weil's z'wenig wachst,
und dann a Hitz zon Heueibringa,
doch man konn halt nix derzwinga.
Der is dagegn und der dafür
und wia's aa is, ganz grecht waar's nia.

Es gibt so Leut, de 's Weda g'spürn
und ganz verschiedn reagiern:
Den oan macht d' Hitz ganz übermüatig
und den andern machts' ganz firtig;
der sagt, wenn d' Sunn so damisch brennt:
Da werd grad Energie verschwendt!

De oa is allerwei bein Föhn
dermatscht als wia a kranke Henn,
de ander net, und außerdem
hats' sowiaso koa Föhnproblem.
D'Leut san halt net gleich empfindlich,
für uns is des ganz unergründlich;
drum hört ma öfters aufbegehrn:
»Iatz derfat's scho bald anders werdn.«

Da sagt da Petrus drobn im Himmi:
»Wenns lang meckerts, nacha kimm i
mit Haglschlag und Dunnaweda!
De schaug o, da taat a jeder
einigschaftln, mir waar's gnua,
und gaabat da sein' Senft dazua.
Wenn's euch net passt, dann lass i's tuschn,
i schaff o, es müaßts euch kuschn,
i lass ma da net einipfuschn!«

Und es is ganz guat a so,
dass 's Weda neamands macha ko.
Da gaab's doch in an jedn Land
an fürchterlichn Durchanand.
De wo 's Geld habn, taatn bestimma,
der wo koans hat, waar da Dümmer.
Oder 's Weda gar als Waffe
im Kriag zo all dem andern Graffe;
da hättn manche gar koa Hemmung
mit Wirblsturm und Überschwemmung
und da gegnerische Haufa
müaßat elendig dersaufa.
Da gang's bald drunter und bald drüber,
drum lassn ma's an Petrus über.

Da Alfons und sei' Saubaa

Es is scho manchmal hart, des Lebn;
da hat da Alfons a Problem,
ganz a bsonders, wia mir scheint,
und er verzählt's sein' bestn Freund:

»I konn des einfach net /[1] begreifa,
wenn i was sagn möcht /, muaß i pfeifa.
Des überkimmt mi / wia a Zwang /,
des geht iatz scho / vier Wocha lang.«

Da moant sei Freund mit ernstn Gsicht:
»Du, de gfallt ma net, de Gschicht.
An Ausschaugn nach bist zwar net kränklich,
doch der Zuastand is bedenklich!
Woaßt was, da gehst zon Dokter Wimmer,
sunst werd des Leidn allwei schlimmer.
Des is a ganz a guater Arzt,
am bestn is's, wennst net z'lang wartst.
Mit dem taat i's amal probiern,
vialleicht konn di der kuriern.«

De Auskunft hat an Alfons glangt,
er hat si bei sein' Freund bedankt
und is am andern Tag glei eini
in d' Stadt mitn Bus um fünf vor neune.
Da sitzt er iatz bein Dokter Wimmer
hoffnungsvoll im Wartezimmer.

---

① Das Zeichen / steht für einen Pfiff,
⊕ für einen Schnalzer mit der Zunge,
⊥ für einen Lippenlaut.

De Helfrin hat'n nu net kennt:
»Sind Sie ein neuer ⊕ Patient?
Oder warn Sie schon ⊕ bei uns?«
»Na, / i net /«, sagt drauf da Fons.
»Mit Eahnern ⊕ sanS' / aa nix z'neidn,
da /, da waar / mei Kranknschein.«
»Vieln Dank ⊕ «, sagt d' Helfrin drauf
und: »Ich ruf ⊕ Sie nachher auf.«

Doch des dauert no a Zeit,
es kemman allwei mehra Leut.
Da Alfons lest scho in da viertn
außegfranstn Illustriertn.
Wia er zur fünftn glanga wollt,
werd er zon Dokter einegholt,
und de Helferin, de Dings,
sagt: »Dritte Türe ⊕ hinten links.«

Und wia er geht an Gang entlang,
denkt er: Mir werd ganz angst und bang,
hätt mei Frau de Baa, des Schnackln,
i müaßert mi mit ihra z'hackln.

Glei drauf sitzt er bein Dokter Wimmer
vorn Schreibtisch im Behandlungszimmer.
Der fragt'n mit a paar Gebärdn:
»Na, ⊥ was ham Sie für Beschwerdn?«

Da Alfons schaugt'n o ganz groß
und räuspert si und legt dann los:
»I konn des / selber net / begreifa,
wenn i was sagn möcht /, muaß i pfeifa.

Des überkimmt mi / wia a Zwang,
des geht iatz scho / vier Wocha lang.«

Da Dokter moant mit ernstn Gsicht:
»Na, ⊥ ganz einfach ist das nicht ⊥ «
und woaß dann aa glei a Erklärung
und sagt, des waar a so a Störung,
peinlich zwar und unbequem,
doch sie lassat sich behebn.

Verschreibt eahm Anti-Baa-Tablettn,
weil de de beste Wirkung hättn.
»Die nehmen Sie ⊥ auf jeden Fall
vier Wochen lang ⊥ pro Tag dreimal ⊥
unzerkaut zur Essnszeit ⊥
mit ein wenich ⊥ Flüssichkeit.
Gleich links vorne an ⊥ der Ecke
ist die nächste ⊥ Apotheke.«

Da Fons bedankt si dann am Schluss
und fahrt hoam mitn nächstn Bus.
Wia er am Hoamweg nachedenkt,
is eahm akrat sei' Freund begegnt.
Der fragt'n glei: „Wia geht's da denn,
bist iatz scho bein Dokter gwen?«

»Ja freile /, da kimm i grad her,
des is gar koa so / groß' Malheur.
Er sagt /, des lassat si behebn ⊕ ,
und hat ma / so Tablettn gebn ⊥ .
De nimm i ei / ⊕ , verlass di drauf ⊥ ,
des lästig Pfeifa / hört bald auf ⊕ ⊥ .«

Neuötting

Wer is wer?

Da Blasi kimmt grad vo da Stadt,
weil er da was z'toa ghabt hat
und verzählt glei seiner Frau
sei' Erlebnis haargenau:

»I steh am Stadtplatz, stell da vor,
vor dem Gschäft bein obern Tor.
Da geht oaner auf mi zua
mit Trachtngwand und Haferlschuah
und sagt zo mir glei: ›Servus, Walter,
guat schaugst aus no auf dei Alter.‹
I hab ma denkt: Den kenn i doch
vom Stammtisch in da letztn Woch
und sag: ›Ja, Gregor, grüaß di Good,
bist aa herinna in da Stadt.‹

Da schaugt er mi recht gspaßig o
und war a weng verlegn, da Mo,
und hat dann gmoant: ›Des is iatz bläd,
da Gregor bin i nämlich net.‹
Da hab i nacha recht dumm gschaut
und gsagt: ›Iatz habn ma uns verhaut.
Bei mir is's nämlich grad a so
und Sie habn Eahna aa verto.
All zwoa habn mir uns täuscht so quasi,
i hoaß net Walter, sondern Blasi!‹

Und am End war's uns dann klar
dass' vo uns zwoa gar koana war.«

So kann man sich täuschen

Der Kunstmaler Schauer ist mir noch in guter Erinnerung. Ein würdiger alter Herr mit grauem Vollbart, breitkrempigem schwarzen Hut und weitem, schwungvoll über die Schulter geworfenem dunklen Lodenumhang. Er wohnte mit seiner Frau im sogenannten Malzhaus, dem ehemals salzburgisch fürsterzbischöflichen Hofbräuhaus, einem wuchtigen, düsteren Bau mit weitläufigen dunklen Hausgängen. Dahinter schloss sich ein kleiner Innenhof an; hier stand in einer Mauernische eine Figur des heiligen Florian, weshalb der Hof auch Florianihof genannt wurde. Doch das Malzhaus, wie es war, und den Florianihof gibt es nicht mehr, sie sind Vergangenheit, wie der Kunstmaler Schauer, von dem ich hier erzählen möchte. Ich kenne die Geschichte auch nur vom Hörensagen, sie machte seinerzeit die Runde im ganzen Markt.

Der Maler hatte einen Affen als Haustier und allein dieser Umstand erregte ja schon eine gewisse Aufmerksamkeit. Das Afferl war gekleidet wie ein kleiner Bub, mit Hose und Jopperl, und hatte ein Kapperl auf. Vielleicht wollte sein Herrle ihm, dem exotischen Tier, damit einen gewissen Schutz geben vor unserem doch etwas rauen Klima.

Die Bauern aus der Umgebung lieferten immer das Brennholz für die Marktbewohner, die »Marktler«. Es mag an einem schönen Herbstnachmittag so um Micheli gewesen sein, da rumpelte so ein eisenbereiftes Fuhrwerk durch die staubige hintere Marktstraße und der Fuhrmann, ein Bauer vom Berg droben, lenkte sein Gespann vorsichtig durch den engen Torbogen in den Florianihof. Mit einem »Ouu« brachte er die Rösser auf dem Kopfsteinpflaster zum Stehen, zog mit der Kurbel die Bremsklötze an und verschwand in dem großen, dunklen Gang vom Malzhaus. Er hatte eine Fuhre Brennholz für den Kunstmaler und wollte ihm Bescheid tun und hätte wissen wollen, wo er im Hof abladen soll.

Über die breite, knarzende Stiege kam gerade eine Hausbewohnerin herunter.

»Grüaß Good, wo wohnt denn da der Kunstmaler Schauer?«

»An erschtn Stock drobn, ganz hint auf da linkn Seitn«, sagte sie und schaute ihm neugierig nach.

Der Bauer ging den langen, dunklen Gang entlang und blieb vor einer Tür stehen. »A. Schauer, Kunstmaler«, stand da auf einem großen Schild. Er klopfte zuerst ein wenig zaghaft.

»No, is ebba neamd dahoam?«, sagte er halblaut und klopfte noch mal, diesmal ein bisserl fester.

Als sich immer noch niemand rührte, machte er die Tür ein wenig auf und sah in dem düsteren Zimmer am Tisch eine kleine Gestalt sitzen, ein Kapperl auf dem Kopf und mit einem Jopperl angetan. Wie das so ist, wenn man vom hellen Sonnenlicht in so ein dunkles Haus hineingeht, man kann, besonders wenn man älter ist, nicht gleich alles gut unterscheiden.

»Wo is'n da Vodda?«, fragte er, aber das Afferl schaute ihn nur mit großen Augen an und spielte weiter. »Is neamd dahoam?«, fragte er noch mal, diesmal etwas ungeduldig, und als er wieder keine Antwort bekam, machte er die Tür wieder zu und ging.

Draußen auf dem Florianihof traf er dann den Kunstmaler, der grad von einem Spaziergang durch den Torbogen hereinkam. »Grüaß Good, dei Hoiz hätt i da. I waar scho in da Wohnung drobn gwen, aber es war neamd da als wia dei Bua und der hat nix gsagt.«

G. Winter
Teisendorf

Wia de Bajuwarn kemma san und wia Teisndorf entstandn is

Unser Hoamat is so schö,
herunt im Tal und auf da Höh,
so liab konns' sei und aa so rau,
und wennst as recht sagst, ganz genau
a Buidl wia a Autogramm
vo unsern Bajuwarnstamm.

Doch vor langer, langer Zeit
warn bei uns ganz anderne Leut:
Keltn warn's und Noriker,
behauptn de Historiker,
und danach san dann de Römer
als Besatzung zu uns kemma
und später erscht da Bayernstamm,
nachdem de Römer abg'haust habn.

Man woaß des alls grad ungefähr
und koa genaue Jahrzahl mehr.
Daselm habn d'Leut nu net vui gschriebn,
drum is so vui im Dunkln bliebn.

Ums Jahr 700, da hat scho
da Bayernherzog Theodo
an unsern Bischof Rupert denkt,
hat eahm a Trumm vom Landl gschenkt
und gsagt: »Schaug her, des ganze Gäu
ghört dei, samt Salz und Siaderei.«
Da Bischof Arno hat dann später
(des war ja schließlich aa koa Bläder)

sich überlegt und hat si denkt:
Des hat uns alls da Herzog gschenkt,
des schreibn ma iatza alles auf,
sunst werd nu oana glustig drauf.
So hat er gsagt zo sein' Notar;
des war scho vor zwölfhundert Jahr.

Ja, ja, der Bischof, der war wief,
der Schrieb liegt heut no im Archiv
als Beweis in Salzburg drent
und war a wichtigs Dokument
für de Jubiläumsfeiern
da bei uns in Oberbayern.
Festlichkeitn nach da Reih
und Teisndorf war aa dabei.

De zwölf Jahrhundert san bekannt,
da habn ma Schriftlichs an da Hand.
Was vordem war, des wiss ma net,
weil's in koana Chronik steht.
Doch wenn nirgands z'lesn is,
wia des damals gwesn is,
i glaab, dann bringt ma grad was z'wegn
mit Nachsinniern und Überlegn
und kimmt schließlich aufn Grund,
wia des alles gwen sei' kunnt.

Da san de altn Bajuwarn
mit Weib und Kind und Ochsnkarrn
herzogn zo uns vom Böhmerland,
doch was Genau's is net bekannt.
Nach manche Ortsnaam kunntst o'nehma,
sie waarn gar vo China kemma,

zum Beispui »Sching« und »Wang« und »Weng«,
doch da spricht dann des dagegn,
dass mir koane Schlitzaugn habn,
also stimmt des aa net z'samm
und der Gedanke an Chinesn
is grad a falsche Hypothesn.
Außerdem is des a Schmarrn,
es warn ganz echte Bajuwarn!

Da erschte Teisndorfer Bürger
war so a Bajuwarnkriager,
der gnua ghabt hat vom vui'n Roasn,
da Thiuso hat er ghoaßn.
Der hat si bei uns niederlassn
mit Vettern, Buam und Hintersassn.
Dene hat's glei recht guat gfalln,
drum habns' nimmer weiterwolln:
Da bleibn ma glei, an dera Straß
vo Salzburg her, da rührt si was.
Mir werdn da unser Hoamat gründn,
was Bessers werdn ma eh net findn.
So hat da Thiuso gmoant
und hat sei' Schwert an Baam higloahnt.

Sie habn si aa glei drübertraut,
am Straßnrand habns' Häuser baut,
nach alle Seitn onegstücklt,
so hat si d'Ortschaft guat entwicklt
zo a wirtschaftlichn Kraft
mit Handwerk und mit Landwirtschaft.

Und weil d' Leut damals aa scho dürscht hat,
dass' glei in da Gurgl knirscht hat,

drum war vo aller Anfang glei
bein Handwerk aa a Bräu dabei.

Natürlich war da unser Gmoa
mit heutverglicha nu recht kloa.
A Hauptstraß mit zwoa Häuserreihn,
a Kopfstoapflaster hundsgemein.
Da san de altn Bajuwarn
mit'n Stoasalz nu durch d'Ortschaft gfahrn
oder mit de Saamross gwalzt;
habn gschrian und mit de Goaßln gschnalzt.

Daselm, da hat si scho was grührt,
sie san eikehrt bei de Wirt,
habn Brotzeit gmacht, a sauers Lüngerl,
und wenns es glittn hat, aa a Züngerl.
Des Essn war scho bajuwarisch,
hat 's Geld net glangt, war's vegetarisch,
vo Kraut und Ruabn a Durchanand,
Kartoffln warn nu unbekannt.

Ob alles wirklich a so war,
des is natürlich net ganz klar.
Eigentlich is des recht schad,
dass damals neamd was aufgschriebn hat.
Es hat koa Schui gebn und koan Lehrer,
sunst wissat ma halt heut vui mehrer.

Sicher is halt grad des oa
übers Alter vo da Gmoa,
dass Teisndorf daselm geborn is,
wia da Thiuso sesshaft wordn is.

Bubenspiele

Als nach dem Ersten Weltkrieg in unserer Gemeinde der erste Kindergarten eingerichtet wurde, hieß dieser im damaligen Sprachgebrauch „Kleinkinderbewahranstalt“. Weil diese Bezeichnung für den täglichen Umgang viel zu umständlich war, verkürzte sie der Volksmund auf die letzten zwei Silben und man sprach nur von der »Anstalt«, wenn man diese Einrichtung meinte. Später wurde sie wegen Platzmangels verlegt und wenn dann von der »Anstalt« die Rede war, unterschied man zwischen der »alten« und der »neuen«, je nachdem, welche man gerade meinte. Ich meine aber hier die alte, in die ich bis zu meinem vierten Lebensjahr gegangen bin.

Im Vergleich zu heutigen Kindergärten war unsere Anstalt sehr dürftig ausgestattet, sowohl was die Räumlichkeiten, als auch was die Einrichtung betraf. Die Ansprüche in der damaligen Zeit waren eben auch sehr bescheiden, die Kosten gering, und es gab immer wieder gutherzige Gönner, die mit Sach- und Geldspenden weiterhalfen. Wenn es dann aus solchen Gaben einen Becher Kracherl, eine Semmel und dazu noch einen rosaroten Himbeerpudding gab, war das ein kleiner Feiertag und die Mater Hermine, unsere Kindergärtnerin, betete dann mit uns einen Vaterunser »für die Wohltäter der Anstalt«.

Diese »alte Anstalt« war hinten am Klosterweg, ein altes Haus mit einem Garten, der in etwas abschüssiges Gelände auslief. Im selben Gebäude wohnte noch der Hausl des benachbarten Klosters, der Plereiter Hans mit seinem alten Vater, einem neunzigjährigen Greis mit langem weißen Vollbart. Im oberen Teil des Anstaltsgartens, wo der Grund noch eben war, stand das sogenannte

»Adelheidhäuserl«, ein kleines transportables Fachwerkhäuschen mit einer Tür und zwei kleinen Guckerln. Das Häuserl war früher an der Marktstraße gestanden und hatte dort als Unterstand für die Pflasterzolleinnehmerin gedient. Nur der Name erinnerte noch an die frühere Benutzerin, die letzte Pflasterzolleinnehmerin Adelheid Sedlmayer.

Gleich daneben war der »Sandhaufa«, ein mit zweizölligen Brettern eingefasster kleiner Platz mit dem begehrten feinen Sand. So ein Sandhaufen war ja eine Fundgrube, zwar nicht für irgendwelche materiellen Schätze, aber umso mehr für die vielen Spielmöglichkeiten, die sich hier ergaben. Eine davon, es war die beliebteste, war das »Dreckpatzn«. Darunter verstanden wir das Hantieren mit dem angefeuchteten feinen Sand, der sich auf so vielfältige Weise formen ließ. Man konnte ihn in Blechmodeln drücken und beliebig viele Kuchen nebeneinander auf den Boden setzen oder man formte ihn in einer Art »freiem künstlerischen Schaffen« zu Gebilden, die in der blühenden Phantasie der kleinen Maurer zu stattlichen Bauwerken heranwuchsen.

Es begann gewöhnlich damit, dass einer der barfüßigen Wortführer mit der Aufforderung »Tean ma dreckpatzn!« mit der Ferse eine Mulde in den weichen Sand bohrte, in der der Mörtel angemacht werden sollte. Und weil eben kleine Kinder, wenn sie in ein Spiel vertieft sind, nie mehr für etwas anderes Zeit haben, auch nicht zum Wasserholen, drum stand da häufig am Anfang die fordernde Frage eines der Mitspieler im Raum: »Wer muaß'n?« Und irgendeiner war dann schon dabei, der mit dem bereitwilligen »I konn« sein Spielschürzerl unters Kinn klemmte und das nötige Wasserl direkt in das vorbereitete Grüberl beisteuerte. Er hätte ja ohnehin nicht Zeit gehabt, zu diesem Gschäfterl ins Haus zu gehen. Ich mochte diesen »biologischen Mörtel« nie anrühren, es hat mir immer davor gegraust, aber die meisten Buben hatten da keinerlei Hemmungen und der Xaverl und der Heini sind später sogar tüchtige Maurer geworden. Früh übt sich!

Es war zwar schon eine gestrenge Aufsicht da, das war die Mater Hermine, die, wenn sie solches gewahr wurde, dazwischenfuhr und auf die häusliche Wasserleitung verwies, aber wie soll so eine Einzelperson die vielen Kinder überschauen können, die in emsigem Spielbetrieb durch Gras und Sandhaufen wurlen?

Die Spiele der Kinder sind doch häufig nur eine Nachahmung dessen, was sie von den Erwachsenen sehen. Dabei lieben sie die Abwechslung und kopieren die elterliche Arbeit in Haushalt und Werkstatt oder auch eine öffentliche Veranstaltung, etwa einen Festzug oder einen Jahrmarkt, oder so etwas Ausgefallenes wie »Ei'grabn«, also Beerdigung spielen. Ich weiß nicht mehr, wer es eigentlich erfunden hat. Der Vorschlag kam aber immer von einem der größeren Buben: Da steht der Heini voll Tatendrang mitten im Sandhaufen, das Schäuferl in der Hand, und fordert: »Tean ma ei'grabn! Wer lasst si ei'grabn?« Der Herbert sagt »i« und legt sich bereitwillig auf den Boden. Schon haben sich mehrere Buben um den Herbert geschart und einer bestimmt: »Schorschi, du machst an Pfarrer und da Simmerl macht 's Zinnglöcke.« Damit war die Sterbeglocke gemeint und ich bin mit der Deutung, die wir später in der Schule erfuhren, nämlich dass damit das »Zügenglöcklein« gemeint sei, das geläutet werde, wenn jemand in den letzten Zügen liege, nie zurechtgekommen.

Dem Simmerl jedenfalls war das völlig wurscht, er setzte sich auf die Bretterkante am Sandhaufenrand und rief während der ganzen Prozedur ununterbrochen sein eintönig rhythmisches »Gang gang … gang gang …«. Und die anderen schaufelten bei den Füßen beginnend Sand über den Herbert und wenn sie bei der Brust angelangt waren, befiel mich immer ein leiser Schauder, obwohl ich wusste, dass sie den Buben nicht ganz mit Sand zuschaufeln, sondern den Rest nur mit einer Schicht Brennholz bedecken würden. Ich gehörte zu den Kleinen und war deshalb nur Zuschauer, denn die »Bamsen« durften bei dem aufregenden Spiel noch nicht mittun. »Bringts Holzscheitln zuawa«, schrie der Heini und voll Eifer schleppten der Rüape und der Sepperl ein jeder einen Arm voll vom Plereiter Hans seinem Holzvorrat herbei und der Herbertl wurde damit sorgfältig bis über den Wuschelkopf hinauf zugedeckt. Und der Schorschi als Pfarrer? Er stand die ganze Zeit untätig dabei, er war ja schließlich kein Totengräber, und ihm fiel nichts dazu ein als dürftiges »Dominus vobiscum«, das er in der Kirche aufgeschnappt hatte.

Wenige Jahre später hat man den Herbert dann wirklich »eingegraben«, er war auf dem Eis der Sur eingebrochen und ertrunken.

Es kam eine neue Zeit, eine Zeit, in der eine Ordensfrau als Kindergärtnerin nicht mehr gefragt war. Mater Hermine wurde nach München versetzt und starb dort bei einem Fliegerangriff. Der Simmerl und der Rüape sind, wie viele andere Buben, vom Krieg nicht mehr heimgekommen und den Plereiter Hans erwischte es noch bei Kriegsende, als er durch den »Ostermayerbogen« auf die Marktstraße wollte, um beim Einmarsch der Amerikaner ein bisserl zuzuschauen. Niemand vermochte zu sagen, ob es eine verirrte Kugel oder ein gezielter Schuss war, der ihn niederstreckte; er war sofort tot.

Der Knödelmarathon

Ende 1945, in der größten Notzeit nach dem Zweiten Weltkrieg, bin ich ziemlich untergewichtig von der Kriegsgefangenschaft heimgekommen. Die fünfzehn Kilo, die mir gefehlt haben, waren zwar nichts Besonderes; es hat nämlich Heimkehrer gegeben, die sind wie wandelnde Skelette dahergekommen. Aber trotzdem habe ich mit meinem Untergewicht und meinen zwanzig Jahren einen gewaltigen Nachholbedarf gehabt. Die Mengen, die man in diesem Zustand vertilgen kann, sind beachtlich. Der Volksmund bemerkt dazu scherzhaft, dass man es so einem sagen soll, wenn er genug hat, weil er es selber nicht kennt.

Auf meinem russischen Entlassungsschein, in schöner kyrillischer Handschrift ausgefüllt, habe ich nur meinen Namen entziffern können und die Besatzungsbürokratie hat damals angeordnet, dass sich jeder Heimkehrer auch bei den Amerikanern vorstellen muss. So hab ich also nach Rosenheim fahren müssen.

Die Züge waren hoffnungslos überfüllt, der Bahnverkehr eingeschränkt und so ist reichlich Zeit geblieben für einen Besuch bei einem Onkel in der Nähe von der Stadt. Er war ein Bruder von meiner Mutter, ein gestandener Bäckermeister und durch diesen Umstand natürlich ein besonders hochkarätiger Onkel für einen ausgehungerten jungen Heimkehrer.

Nicht dass wir daheim im Rupertiwinkel zu wenig zu essen gehabt hätten, man hat außer den Zuteilungen auf Marken immer noch so viel hintenherum von den Bauern bekommen, dass jeder Normalverbraucher satt geworden ist. Aber der gute Onkel hat nebenbei immer noch eine Sau gemästet und Enten gehalten. So

Schmankerl wie ein Schweinernes waren auf unserem Speisezettel daheim in dieser Nachkriegszeit eine seltene Ausnahmeerscheinung.

An einem Samstagvormittag ist es gewesen. Onkel und Tante haben mit ihren Leuten in Laden und Backstube viel Arbeit gehabt und da bin ich mitten in diese emsige Betriebsamkeit hineingeraten. Das Mittagessen, ein Schweinsbratl mit weißen Semmelknödeln und Soß, ist schon fertig auf dem Herd gestanden, aber niemand hat sofort Zeit gehabt vor lauter Geschäftigkeit. Die Tante Anni war eine herzensgute Frau und ich muss bei ihr wohl noch zusätzlich einen Heimkehrerbonus gehabt haben. Sie hat eine Schüssel mit Knödeln auf den Tisch gestellt und die Soß dazu und beachtliche Portionen von dem Schweinsbratl (kein Mensch hat eine Ahnung gehabt vom Cholesterin) und hat dazu gemeint: »Fang wenigstns du o, de andern werdn nacha scho kemma.« Damit war sie auch schon wieder verschwunden, sie hat wieder in den Laden gehen müssen. Ihre wohl meinende Aufforderung habe ich dankbar zur Kenntnis genommen und ein wenig schüchtern mit dem ersten Knödel angefangen. Die Soß dazu und das knusprig gebratene Fleisch, es war ein Gedicht! Beim zweiten Knödel haben sie immer noch nicht Zeit gehabt zum Essen und die Tante ist zwischendurch noch ein paar Mal in die Küche gekommen und jedes Mal hat sie mich ermahnt: »Iss fei, du werst Hunger habn« und »Tua da nur außa, so vui'st magst, brauchst di net scheniern!« Und so hab ich mir immer wieder einen von diesen guten Semmelknödeln in mein Teller gelupft und hab die Brocken in der guten braunen Bratlsoß hin und her getunkt und das gute Fleisch dazu … ein halbes Jahr lang hab ich in der Gefangenschaft nur Graupen- und Gemüsesuppe und baaziges Schwarzbrot gekriegt und jetzt diese Herrlichkeit!

Ich war ganz vertieft in diesen Hochgenuss, da sind sie nach und nach zum Essen gekommen. Der Onkel hat sich gerade an den Tisch setzen wollen, ist dann zum Herd gegangen und hat in den Knödeltiegel geschaut. Dann ist er wortlos hinausgegangen und mit ein paar Semmeln wiedergekommen und die Tante und der Bäckergeselle und der Vetter und das Baserl, alle sind sie mit Semmeln gekommen und haben sie zur Bratlsoß und zum Fleisch gegessen, weil keine Knödel mehr da waren. Ich hätte mich verkriechen mögen vor Scham, aber das ist nicht möglich gewesen. Wie viele Knödel es waren, weiß ich nicht, ich habe nicht mitgezählt und es hat mir auch niemand gesagt, wann ich genug hab, und selber hab ich es nicht gemerkt.

Wenn ich dann bei späteren Besuchen gelegentlich wieder entschuldigend auf den Knödelmarathon zurückgekommen bin, haben sie immer abgewehrt: »Geh, lass doch, es war da doch wohl vergunnt.«

Es sind schon gute Leute gewesen, der Onkel und die Tante und der Vetter und das Baserl auch.

G. Winter
„Maria Eck“

Brautschau

Da Paule suacht a Frau fürs Lebn,
er is alloa und außerdem
sagt er si, werd's endlich Zeit
für umsorgte Zweisamkeit.

Doch de Sach geht net so gschwind,
denn bis ma de Richtig' findt,
bleibt des halt a grouße Frag,
de legt er jedn Tag auf d' Waag.

Hoakl is er aa, der Kunt,
de oa is z'grouß, de ander z'rund.
Wer die Wahl hat, hat die Qual –
is in dem Fall ganz normal.

Weiberleut gaab's ja grad gnua,
er schaugt aufs Gsicht und auf d' Figur:
Es is a jede anders g'formt
und zum Glück sans' net genormt.

De mit da mollign Statur
schaugt aus wia a Barockfigur,
de schlankerne wirkt mehra gotisch,
de schwarze, gschnecklate exotisch.

D' Resi taat er so gern sehgn,
doch de hat'n halt net mögn.
De ander, wo sein' Spezi gfallt,
de lasst an Paule wieder kalt.

Jung sollts' sei' und schlank und stramm
und sauber, und a Geld sollts' habn.
Er is zwar selber koa Adonis,
weil er ebn scho älter wordn is.

So suacht da Paule allwei länger
und bleibt z'letzt an oaner hänga,
de hat des alls, bloß oans hats' net,
hausfrauliche Qualität.

Des fallt eahm aber zerscht net auf
und er kimmt erscht später drauf.
Da kriagt er nämlich vo sein' Pupperl
all Tag grad a Packesupperl.

An die Leser

Manche Verserl san halt kritisch,
anderne wieder »analytisch«;
brauchts euch aber net dro steßn,
es kinnts aa was Lustigs lesn!

Betriebsstörung anno 1930

Anzing ist ein kleines Dörferl oben am Berg. Eigentlich ist es mit seinen drei Bauernhöfen nur ein Weiler, den man heute auf einer asphaltierten Zufahrt bequem erreichen kann. Das war nicht immer so; früher war das eine ausgewaschene Sandstraße, die sich zwischen Wiesen, Feldern und einem kleinen Waldstück vom Kirchdorf unten heraufschlängelte. Wer an Anzing vorbei bergwärts wandert, gelangt nach einem Viertelstünderl in den Bergwald und nach einer weiteren Stunde auf ein großes Almfeld mit ein paar Hütten.

Anno dreißig war die Bauernarbeit, wie die anderer Berufe auch, im Vergleich zu unserer heutigen Zeit noch sehr umständlich und beschwerlich. So musste der tägliche Bedarf an Gesott – Heuhäcksel –, dem winterlichen Raufutter, mühsam und kräfteraubend im Handbetrieb auf der Gesottbank geschnitten werden. Manche Bauern benutzten dazu eine einfach gebaute Gesottmaschine und zu deren Antrieb einen Göpel, das war eine Vorrichtung, bei der im Kreis gehende Zugtiere den Antrieb besorgten. Dabei wurde die Kraft über ein Kegelgetriebe mittels Treibriemen auf die Maschine übertragen; eine zwar aus heutiger Sicht umständliche und leistungsschwache Arbeitstechnik, aber im Vergleich zum herkömmlichen Handbetrieb doch eine bedeutende Verbesserung. Elektrizität gab es seinerzeit noch nicht in Anzing und man behalf sich mit Petroleumlampe und Kerzenlicht, man wusste es nicht anders.

Der technische Fortschritt hatte damals die Industrie weitgehend erobert, im Handwerk Einzug gehalten und in der Landwirtschaft die ersten Gehversuche bereits hinter sich. Im Kirchdorf unten gab es den Eisenhändler

Wimmer, der sich auf Landmaschinen spezialisiert hatte. Sein Bruder, allseits bekannt als der Wimmer Hans, kannte alle Bauern im Umkreis und betätigte sich als erfolgreicher Vertreter für das Geschäft seines Bruders. Er radelte auf die Dörfer und Einöden hinaus, warb für die technischen Neuerungen und konnte dabei so manchen Bauern von den Vorteilen einer arbeitserleichternden Maschine überzeugen. Auch die Anzinger Bauern, den Lechner, den Huber und den Zacherl, hatte er schon wiederholt aufgesucht, aber ohne Erfolg. Der junge Lechner von Anzing, der Hartl, war mit seinen fünfundzwanzig Jahren begeistert von der Technisierung und hatte sich schon öfters auswärts umgeschaut und sich von diesen großen Arbeitserleichterungen überzeugen können, aber sein Vater hatte noch das Heft in der Hand und wollte nichts wissen von dem neumodischen Zeug.

Es herbstelte schon ein bisserl und die Tage wurden zunehmend kürzer. Einzelne Schwalben kurvten noch herum und machten sich bereit für die große Reise. Die Lechnerischen saßen gerade um den großen Stubentisch herum bei der Brotzeit, dem »Untern«, als der Jungbauer wieder einen Anlauf probierte. Er dachte an die zeitraubende Arbeit des Gesottschneidens den Winter über und meinte: »A so a Fümf-PS-Schlütermotor vom Wimmer, des waar halt ebbas Kommods; Gsottschneidn kunnt ma damit und insa Brennholz ...« – weiter kam er nicht mehr, denn der Vater schnitt ihm das Wort ab: »Mei Ruah möcht i, mir habn inser Gsott allwei mitn Göpe gschnittn und iatz gang des auf oamal nimmer«, schimpfte er und ging aus der Stube.

Der Wimmer Hans, der Landmaschinenvertreter, hatte bei seinen gelegentlichen Besuchen in Anzing natürlich längst herausgefunden, wer am technischen Fortschritt am ehesten Interesse haben könnte. Die Jungen, ja, das wusste er, aber die hatten nichts zu sagen. Von den Alten, das sagte ihm sein sicheres Gespür, schien ihm der Huber am ehesten geneigt zu sein für eine Neuerung.

Es ging schon auf den Kirtag zu, auf den Wiesen hatten die Herbstzeitlosen die Sommerblumen abgelöst. Weidende Kühe brachten mit ihren Glocken eine friedliche Stimmung in diesen Herbsttag mit seinem tiefblauen Himmel. Der Wimmer Hans schob schwitzend sein Radl die letzte Steilstrecke nach Anzing hinauf und traf dort den Huber, der hinterm Haus gerade seine Rösser ausspannte.

»A schöner Tag heut«, sagte er und der Huber nickte: »Ja, des schee Weda kinna ma braucha«.

Der Hans tastete sich vorsichtig an die Sache hin: »Iatz werd's na wieder zon Gsottschneidn, möchst as net amal probiern mit a so an Motor, du brauchst'n ja net kaffa und 's Probiern kost ja nix.«

Der Huber sagte nichts, er kratzte sich nur ein wenig im Genick, und als der Hans merkte, dass der Bauer gar nicht so abgeneigt war, bohrte er weiter: »Es kinnts ja all drei Anzinger mitanand toa, na gang's aa leichter, aber wia gsagt, wenns es den Motor probiern möchts, nacha stelln ma enk oan her, ganz unverbindlich, versteht si!«

Der Lechner Hartl hatte schon von weitem die zwei unter der großen Linde beobachtet und kam nun wie zufällig vorbei. Das Angebot des Wimmer Hans hatte er gerade noch mitgekriegt und versuchte nun seinerseits seinen Nachbarn davon zu überzeugen: »Wann i ebbas zon sagn hätt, na hätt ma scho lang an solchan Motor, aber da Voda mag net.«

»Und da Zacherl tuat ins aa net mit, so wia'n i kenn«, ergänzte der Huber und der Hartl meinte dazu: »Aber probiern kunnt ma's doch, da Hans hat ja eh gsagt, dass' ins nix kostn taat.«

In der Woche drauf kam dann das kleine Lastauterl des Eisenhändlers nach Anzing und mit viel »Ho ruck«, »Obacht gebn«, »Nu a bissei« und »Finger weg!« wurde der acht Zentner schwere Motor mit vereinten Kräften beim Huber abgeladen.

Der Zacherl hatte den Antransport misstrauisch beobachtet und machte nun zum Lastwagenfahrer hin mit beiden Händen abwehrende Bewegungen: »Fahrts es nur grad wieder abi, des Glump, mir brauchan's net da herobn!«

Aber sie stand nun schon da, auf ihrem fahrbaren Untergestell, die moderne Errungenschaft, und bot ihre kraftprotzenden Dienste unverbindlich an. Der Treibstoff, wasserhelles Gasöl und eine Flasche Benzin zum Anfahren, war bei der Lieferung dabei und nach ein paar vergeblichen Startversuchen verlief der Probelauf unter der fachkundigen Regie des Firmenfahrers problemlos.

Das Ergebnis konnte sich sehen lassen. Der Huber nickte zufrieden und der Zacherl sagte nichts mehr. Der Lechner Hartl war begeistert und schaute nach dem Vater, der sich grantelnd hinterm Haus eine Arbeit gesucht hatte: »Voda, des muaßt da oschaugn, a so a Mordshaufa Gsott in kurzer Zeit!«

Der Alte versuchte noch einen Einwand, aber der »Mordshaufa Gsott« machte ihn neugierig und so ging er mit, zwar widerstrebend, aber er ging und schaute sich die Geschichte an.

Dem wassergekühlten Motor war es inzwischen bei der Arbeit warm geworden und er ließ aus seinem Gehäuse zornig fauchend Dampfwolken entweichen. Für den technikunerfahrenen Lechnervater sah das bedrohlich aus. »Moanst, i lass ma vo den Glump mein' Hof o'kentn«, protestierte er argwöhnisch, den Motorenlärm überschreiend. Aber der Huber, der inzwischen vom großen Nutzen der neuen Maschine überzeugt war, beschwichtigte ihn und bot ihm leihweise einen langen Treibriemen an, damit er beim Ausprobieren einen Sicherheitsabstand von seinem vermeintlich gefährdeten Anwesen einhalten könnte.

Die neue Maschine gab sich alle Mühe und überzeugte schließlich durch eindrucksvolle Gesotthaufen und Arbeitsschnelligkeit auch den letzten Zweifler, sogar den Zacherl; der nickte bloß und sagte: »Des hätt i doch nia glaabt«, womit er sein Einverständnis kundtat.

Damit war der Weg frei für die Anschaffung. Der Preis von 1000 Reichsmark war für damalige Begriffe zwar ein großer Brocken, aber auf drei Bauern verteilt immerhin erschwinglich. Nun hatte der technische Fortschritt auch Anzing erreicht. Die Maschine ging von Haus zu Haus und leistete, von gelegentlichen Startschwierigkeiten abgesehen, gute und brave Dienste.

An einem Wintertag so um Sebastiani herum hatte der Zacherlvater wieder einmal Schwierigkeiten beim Anfahren des Motors. Zornig kam er zum Lechner: »Mir brauchatn für Mittag a Gsott zon Fuadern und des Glump geht net.«

Der Hartl schaute sich die Sache prüfend an: »Hast scho an Benzin eineto?«

»Ja freile, aber des Graffe tuat koan Rüahra!«

Dem Hartl kam das Benzin in dem kleinen Tank ziemlich wässerig vor: »Wo hast'n de Flaschn hergnumma?«

»Da, wo s' allwei steht, in da Kammer aufn Fensterbredl.«

Dort fand der Hartl dann zwei anonyme dunkelgrüne Literflaschen. Der Zacherl hatte die verkehrte erwischt, die mit dem Weihwasser.

G. Winter
Caida Portugal

Nebltag im Oktober

Da ganze Tag is heut so trüab,
so ohne Farb und gar net liab.
D' Sunn kimmt net durch, alls is ganz graab,
da Ahorn lasst des gelbe Laab
oans ums ander obaschaukln
und auf d' Wiesn donegaukln.

D' Oachln habn scho braune Schaln,
man hörts' oanzeln obafalln.
Im Wipfe drobn, da schreit a Häher,
a Moasnstimm kimmt allwei näher.
A Bergfink lasst si aa scho hörn,
drent auf da Ötz de Kalma plärrn.

De letztn Bleamln schaugn ganz grantig,
a wengl zrapft und überstandig.
De ganz Natur möcht iatz a Ruah,
es geht scho aufn Winter zua.

Koa Platz für Bleamerl

Wia schö is des und wunderbar,
wenn im Aprui in jedn Jahr
in de Gärtn aufn Rasn
sich de Bleamerl blicka lassn.

De Farbnpracht is a Gedicht,
so unaufdringlich und so schlicht:
Des zarte Blau vom Ehrnpreis,
Gänsebleamerl rötlich weiß
und bei da Berberitznstaud
de gelbn Stern vom Scharbockskraut.

Doch des dauert gar net lang,
nacha werd an Hausherrn bang;
kaam is ’s Graserl a weng höher,
kimmt er scho mitn Rasnmäher.
(Da Nachbar hat ja gestern scho
Nachmittag des Gleiche to!)
Den Bleameteppich, der nix kost’,
den schmeißt ma nacha zon Kompost,
denn da moderne Rasnstil
is kurz rasiert und ganz steril
in an einheitlichn Grün
und möglichst koane Bleamerl drin.

Nebeneinnahmen

Wer als Tourist im Orient
des Lebn da drent a wengl kennt,
der werd ma Recht gebn, wenn i sag,
dass i gewisse Leut net mag.

De passn dort an alle Eckn
auf Touristn wia de Zeckn
und es plärrn glei drei a vier:
»Souvenir – Souvenir!«
Da gibts oa, de san net ehrlich,
pass guat auf, denn de san gfährlich;
de lebn vo Taschndiaberei,
vo Gaunerei und Schiaberei.
De Bande arbat mitanand
sozusagn Hand in Hand,
guat organisiert, betrieblich,
unauffällig, landesüblich.

Schaug net hi und geh vorbei,
lass di fei auf gar nix ei,
sunst hast glei an ganzn Pack
vo dene Brüader aufn Gnack.

A jeder werkt und deut' und schreit:
»Olivenholz – Handarbeit!«
Red mit koan, sunst kriagst koa Ruah,
heb deine Hosntaschn zua,
aa wenn jeder benzt und schreit:
»Souvenir – Handarbeit!«
Schaug nur grad, dassd' weiderkimmst,
dassd' koa Geld net außernimmst;

de Kuntn werdn sunst ganz begehrlich
und de Gschicht werd draufo gfährlich.
Und bevorst du ebbas gspannst,
hat di aa scho oaner pflanzt.
Er schmatzt in oan furt auf di ei,
da ander hat scho passt derweil;
dann geht's schnell und Schlag auf Schlag,
er bratzlt in dein' Hosnsack
frech und flink zur Selbstbedienung.
Und iatz kimmst erscht zur Besinnung:
's Geld is weg und d' Urlaubsfreud,
Handarbeit – Handarbeit!

Kindergratulationsverserl für einen Neupriester

Liaber Herr Primiziant,
es gfreut uns alle mitanand,
dass di da Herrgott durch sei' Gnad
zon Priesteramt beruafa hat;
denn in sein' Weinberg han doch heut
umadum vui z'wenig Leut.

Do müaß ma di scho bsonders lobn
und wünschn dir vui Segn vo obn
und recht vui Kraft und Energie
und … mir betn scho für di!

Wia schö is so a Wintertag

Wia schö is so a Wintertag,
wenn d' Sunn scheint und wenn 's Weda mag,
wenns' hintern Biche auffakriacht,
verzauberts' alls im Gegnliacht.
Da Raureif hängt an Baam und Strauch,
bei jedn Schnaufa siehgst an Hauch.
Wia schö is so a Wintertag,
wenn 's Weda grad a wengl mag.

Wia schö is so a Wintertag
für den, der 's Eisstockschiaßn mag.
An Weiher hintn aufn Eis,
da geht's heut um an erschtn Preis.
Da werd gschossn, gschrian und plärrt
und zuagschaugt bis's oan d' Füaß dafrert.
Wia schö is so a Wintertag
für den, der 's Eisstockschiaßn mag.

Für alte Leut sans' oft a Plag,
de grimmig kaltn Wintertag,
doch singt oft scho so wunderbar
da Zizibäh im Februar.
Und wenn ma dann des Vogerl hört,
dann woaß ma, dass' bald Fruahjahr werd.
Vorbei is bald de Winterplag,
denn allwei länger werdn de Tag.

Guate Feiertag!

I wünsch euch für de Weihnachtszeit
Segn und Ruah und Fried und Freud.
I wünsch euch, dass' ausspanna kinnts
und wieder zo euch selber findts.
Schiabts an de Feiertag de Sorgn
ausnahmsweis amal auf morgn
und stellts es für a paar Tag weg,
vo mir aus in a finsters Eck.

Wenn aa des vergangane Jahr
manchmal net ganz freundlich war,
hat's doch aa guate Seitn ghabt
und im großn Ganzn klappt.
Und mehra wolln ma net verlanga;
mir solln dafür an Herrgott danka.

Vom altn Jahr bleibt nachn Fest
eh grad no a kloana Rest
und dann is's auf amal verklunga
und macht dem Neu'n Platz, dem junga.

Da wünsch i euch a guate Zeit,
frei vo Unannehmlichkeit.
Wenn's net schlechter werd, des Neu',
dann wolln ma z'friedn und dankbar sei'.

Ein Wort zur Dialektschreibung

Es gibt keine Regeln! »Dialektschreibung ist Glückssache. Nicht umsonst heißt es ›Schriftsprache‹ und ›Mundart‹«, so sagte schon Annette Thoma und sie wusste, wovon sie sprach.

Klassiker der bayerischen Mundartdichtung, wie Ludwig Thoma und Lena Christ, haben sich, wo durch lautgetreue Schreibung die Leserlichkeit beeinträchtigt werden könnte, so nah wie möglich an die Schriftsprache gehalten.

Wenn, wie es heute vielfach üblich ist, eine lautgetreue Wiedergabe der Mundart angestrebt wird, geht das auf Kosten der Leserlichkeit. Der Leser will aber einen Text nicht buchstabieren müssen, sondern er will ihn flüssig lesen können und er wird dies, auch wenn die Schreibweise der Schriftsprache angenähert ist, in seinem heimatlichen Klanglaut tun. Er wird »Nebltag im Oktober« (S. 73) mit »Näwedog im Oggdowa« wiedergeben, aber eine solch lautgetreue Schreibung wäre auf Anhieb kaum lesbar. Allein der Selbstlaut »a« hat in unserer Mundart so viele Lautfärbungen, dass es schwer fällt, diese Vielfalt in der Schreibung wiederzugeben, es sei denn, man behülfe sich mit verschiedenen Zeichen über dem Buchstaben, was wiederum den Lesefluss hemmt. Worte wie Stall, Wald, Zahl usw. werden mit »eu« gesprochen, aber eine derartige Schreibung (Schdeu, Weud, Zeu usw.) wäre wegen der Fremdartigkeit des Wortbildes nahezu unleserlich. Auch die häufig gebrauchte Form Stoi, Woid, Zoi usw. gibt den Laut nicht richtig wieder.

Wenn man genau hinhört, wird auch die Schriftsprache nicht buchstabengetreu gesprochen: »Je näja an da

Schdadd, umso höja die Miedn.« (Je näher an der Stadt, umso höher die Mieten.) Das Wort »Schneeketten« wird gar durch Umkehrung der e-Lautung zum Dialektwort: Schneekäddn / Schnääkeddn.

K. Robel